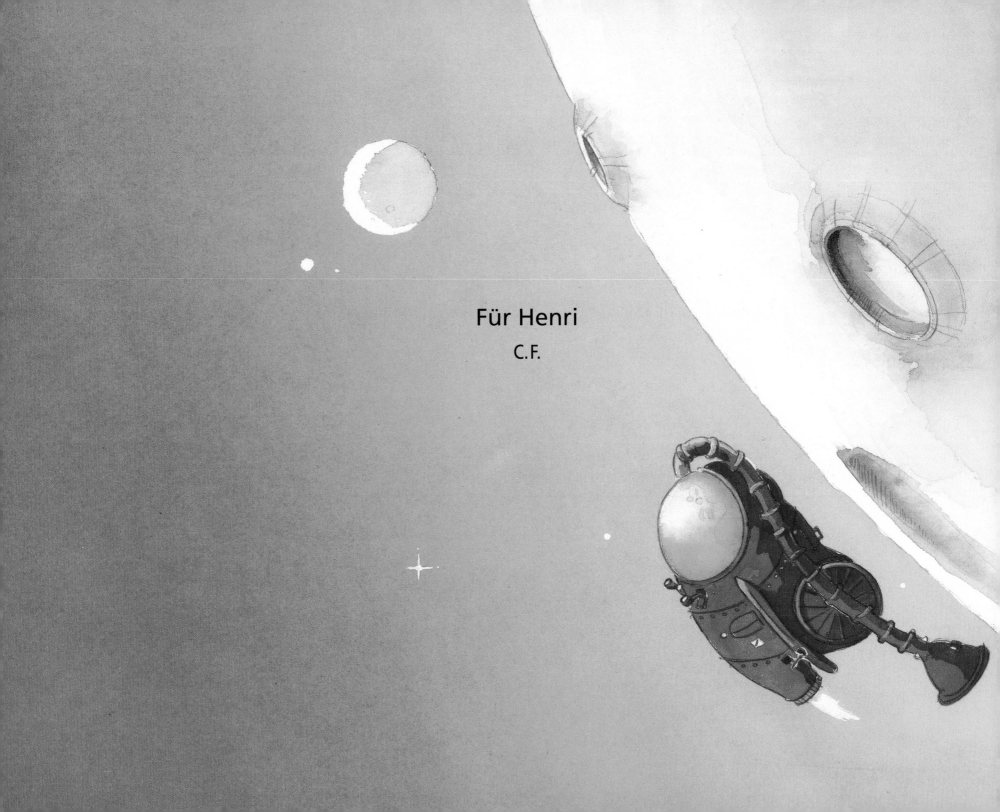

Für Henri
C.F.

Das Monster vom blauen Planeten

Erzählt von Cornelia Funke

Mit farbigen Bildern
von Barbara Scholz

Fischer Schatzinsel

Auf dem Planeten Galabrazolus lebte
einmal ein Junge namens Gobo.
Der liebte nichts so sehr wie Geschichten
von fernen Planeten und all den merkwürdigen
Monstern, die dort lebten.

Eine Geschichte liebte er ganz besonders.
Die von dem blauen Planeten namens Erde, auf dem felllose Monster mit nur zwei Augen und zwei Armen lebten. Gobos Großvater hatte vor vielen hundert Jahren eine Urlaubsreise zu diesem merkwürdigen Planeten gemacht, und Gobo hatte die Fotos von den gruseligen Bewohnern über seinem Bett an die Wand gehängt.

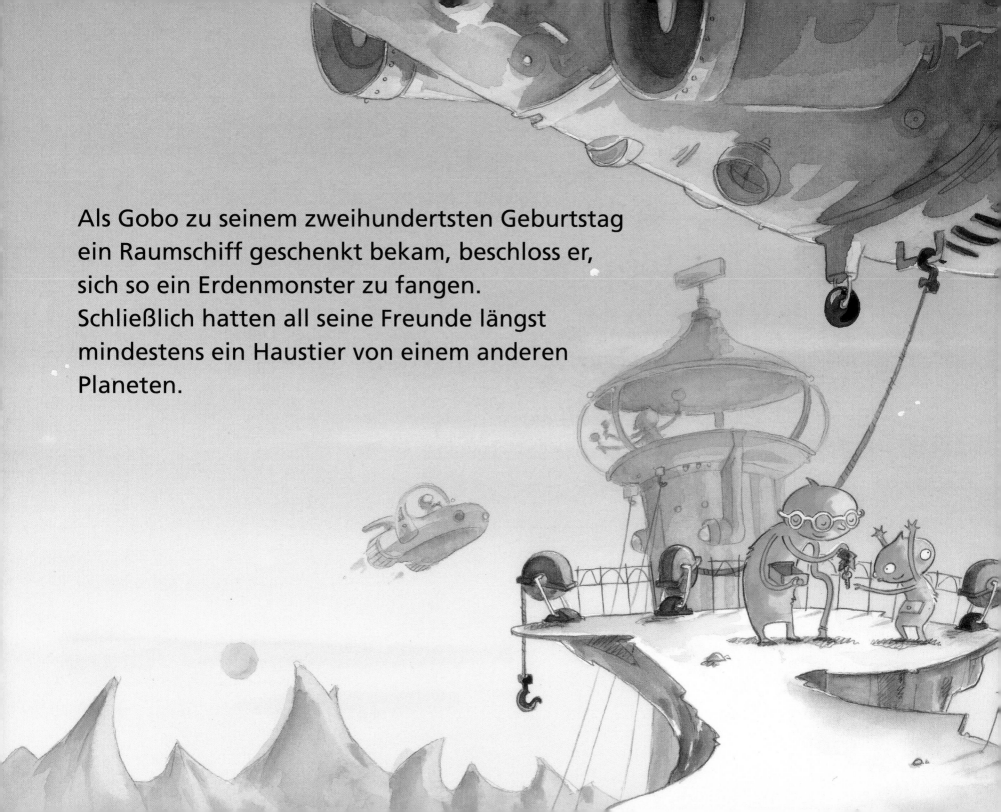

Als Gobo zu seinem zweihundertsten Geburtstag ein Raumschiff geschenkt bekam, beschloss er, sich so ein Erdenmonster zu fangen. Schließlich hatten all seine Freunde längst mindestens ein Haustier von einem anderen Planeten.

Früh am Morgen startete er von den silbernen Hügeln seines Planeten und tauchte in die ewige Nacht der Sterne. Er flog an unbekannten Sonnen vorbei, durchquerte gefährliche Meteoritenschwärme, wich den Feuerschwänzen von Kometen aus und schwebte schließlich im gelben Licht einer fremden Sonne über dem blauen Planeten.

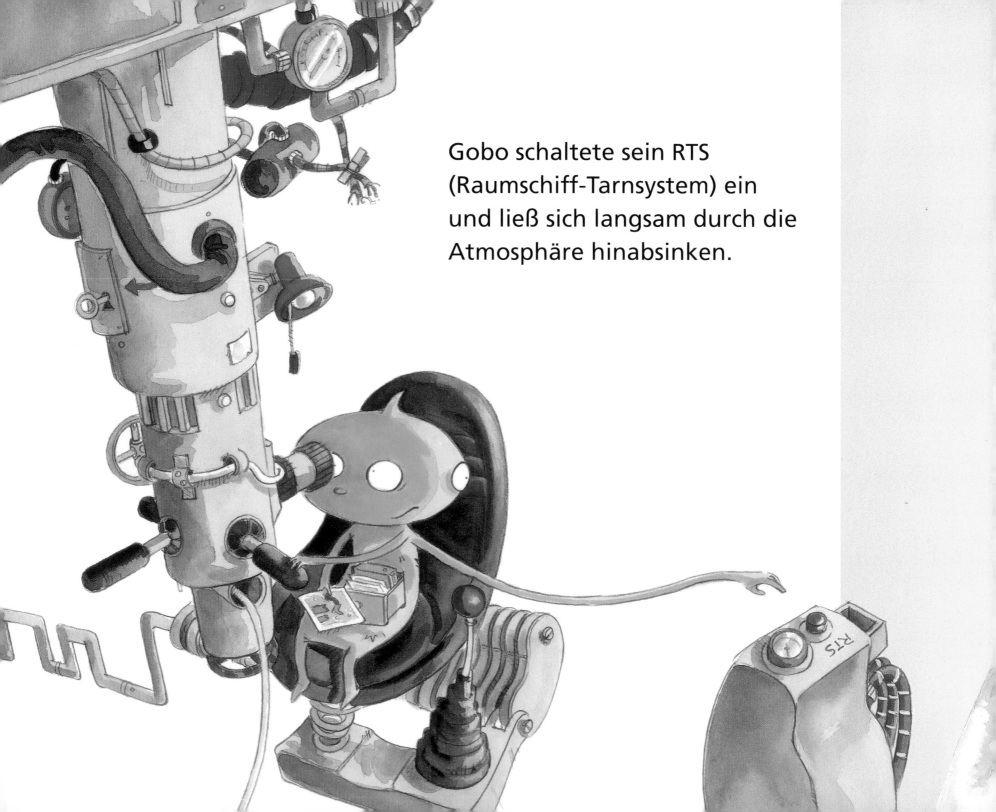

Gobo schaltete sein RTS
(Raumschiff-Tarnsystem) ein
und ließ sich langsam durch die
Atmosphäre hinabsinken.

Er hielt Ausschau nach einer von diesen wunderbar grünen
Wiesen, die Opa fotografiert hatte. Solche, auf
denen kleine Blumen wuchsen und ganz große
mit dicken Holzstängeln, zwischen denen die
Erdenmonster umherliefen.
Aber er fand nichts als Steinwürfel, riesige
graue Schlangen und stinkende Blechkäfer,
die auf ihnen herumkrochen.

Erst als die fremde Sonne schon fast unterging, entdeckte Gobo,
was er suchte – eine grüne Wiese mit weißen Blumen.
Und mittendrin ein Erdenmonster.
Es war genauso bleich wie auf Opas Fotos und hatte tatsächlich
nur zwei Augen und zwei komisch dünne Arme. Es sah wirklich
abscheulich aus, aber nicht so gruselig, wie Gobo es sich
vorgestellt hatte. Er war etwas enttäuscht.

Das Erdenmonster hockte auf seinen
Hinterbeinen und bewegte seine Kinnladen
ganz eigenartig, während es etwas in sein
kleines Maul stopfte. Nur auf dem Kopf
hatte es struppiges gelbliches Fell,
das ihm fast bis in die zwei Augen hing.
Den felllosen Körper hatte es in bunte,
höchst merkwürdige Lappen gehüllt –
was sehr dumm aussah. Gobo ließ sein
Raumschiff so sacht hinunterschweben,
dass nur die Blumen etwas zitterten.
Als er genau über dem Kopf des Monsters
schwebte, schaltete er den Fangstrahl ein –
und das Monster verschwand von der
Wiese, als hätte es nie dort gesessen.

Gobos Raumschiff aber war schon ein Augenzwinkern später mit seiner Beute Sonnensysteme entfernt auf dem Heimweg.

Als Gobo das Monster mit dem Fangstrahl in einen
Käfig setzte, machte es furchtbare Geräusche.
Es sprang wild auf und ab, rüttelte mit seinen Klauen
an den Stäben und stieß entsetzliche Laute hervor.
Sie erinnerten Gobo an das Grunzen von Mondschweinen
und das Kreischen wütender Andromeda-Äffchen.
Er setzte seinen Übersetzungshelm auf, trat vorsichtig
an den Käfig heran und – fuhr erschrocken zurück.

»Du widerliches Monster!«, schrie ihn das kleine Scheusal an. »Lass mich sofort hier raus!«

»Wieso Monster?«, rief Gobo empört. »Du bist das Monster! Und von jetzt an bist du mein Haustier!«

»Was?«, fauchte das eklige bleiche Erdenmonster und rüttelte so wütend an den Gitterstäben, dass Gobo schnell noch einen Schritt zurücktrat. Selbst sein Helm verstand nicht, was das Ungeheuer nun alles von sich gab. Dann hockte es sich plötzlich in eine Käfigecke und schluchzte los. Silbrige Tropfen quollen aus seinen Augen und liefen das blasse Gesicht hinunter. Gobo war bestürzt. Wurde es etwa krank? Vertrug es das Fliegen nicht?

»Ich will nach Hause!«, hörte er es schluchzen.

»Wie meinst du das, nach Hause?«, fragte Gobo ungläubig.

»Monster haben kein Zuhause.«

»Du bist das Monster!«, schniefte das bleiche Wesen. »Und natürlich hast du keine Ahnung, was Zuhause heißt.«

»Unsinn!«, rief Gobo empört. »Mein Zuhause ist der Planet Galabrazolus. Er hat wunderbar silberne Berge und Meere, die wie buntes Glas schimmern.

r hat sieben
Monde. Jeder hat eine
ndere Farbe. Und auf jedem
at man ein anderes Gewicht.«
Das Erdenmonster hörte auf zu schluchzen
nd sah ihn erstaunt mit seinen zwei Augen an.

»Sieben Monde?«, fragte es leise. »Wir haben nur einen.«

»Nur einen?«, sagte Gobo und fand plötzlich, dass die zwei Augen gar nicht so seltsam aussahen.

»Die sieben Monde würd ich gern mal sehen«, sagte das Monster. »Aber dein Haustier werde ich nicht.«

Darauf wusste Gobo nun wirklich nichts zu sagen. All meine Freunde werden mich auslachen, dachte er. Dann ließ er den Käfig mit einem Knopfdruck verschwinden.

»Komm«, sagte Gobo und lächelte
das fremde Wesen einladend an.
»Ich zeige dir die sieben Monde.
Und dann bringe ich dich nach Hause.«

Cornelia Funke, geboren 1958, gilt als die »deutsche J. K. Rowling« und ist die derzeit erfolgreichste und beliebteste Kinderbuchautorin Deutschlands. Nach einer Ausbildung zur Diplompädagogin und einem Graphikstudium arbeitete sie zunächst als Illustratorin, doch schon bald begann sie, eigene Geschichten für Kinder und Jugendliche zu schreiben. Inzwischen begeistert sie mit ihren phantasievollen Romanen Fans in der ganzen Welt. Cornelia Funke lebt mit ihrer Familie in Kalifornien. Bei Fischer Schatzinsel sind außerdem ihre Bilderbücher ›Der geheimnisvolle Ritter Namenlos‹, ›Die Glücksfee‹ und ›Wo das Glück wächst‹ erschienen.

Barbara Scholz, geboren 1969 in Herford, machte zunächst eine Ausbildung zur Druckvorlagenherstellerin. Im Anschluss studierte sie Graphik an der Fachhochschule Münster. Seit 1999 ist sie freiberuflich als Illustratorin für verschiedene Kinderbuchverlage tätig. Barbara Scholz lebt und arbeitet in Münster. ›Das Monster vom blauen Planeten‹ ist ihr erstes Bilderbuch bei Fischer Schatzinsel.

Weitere Informationen über das Kinder- und Jugendbuchprogramm der S. Fischer Verlage gibt es auf www.fischerverlage.de

5. Auflage: Januar 2013

© S. Fischer Verlag GmbH, Frankfurt am Main, 2008
Umschlaggestaltung: Buchholz/Hinsch/Hensinger
unter Verwendung einer Illustration von Barbara Scholz
Satz: auf Apple Macintosh mit InDesign CS2 im Verlag
Repro: LONGO AG, Bozen
Druck und Bindung: Kösel, Krugzell
Printed in Germany
ISBN 978-3-596-85226-0

Nach den Regeln der neuen Rechtschreibung